(275 *bis*)

NOTICE

DE

PIERRES

LITHOGRAPHIÉES

Sujets destinés au cartonnage et pour encadrements

TIRAGES ET ÉPREUVES EN NOMBRE

DU FONDS D'ÉDITEUR

DESMAISONS-CABASSON

Dont la Vente aura lieu

HOTEL DROUOT

SALLE N° 7, AU PREMIER ÉTAGE

Le Samedi 22 Mai 1869

A DEUX HEURES TRÈS-PRÉCISES

Me **QUÉVREMONT**, Commissaire-Priseur,
Rue Richer, 46,

Assisté de M. **VIGNÈRES**, Marchand d'Estampes,
rue de la Monnaie, 13, à l'entre-sol, entrée rue Baillet, 1,
Chez lequel se distribue la Notice et où l'on pourra avoir les renseignements

EXPOSITION PUBLIQUE

Des échantillons d'Épreuves et des Tirages, de 1 heure à 2 heures,
avant la vente

PARIS — 1869

CONDITIONS DE LA VENTE

L'ordre de la notice sera suivi.

Les Pierres seront vendues dans l'état où elles se trouvent présentement déposées chez MM. les imprimeurs Becquet et Lemercier, chargés de l'impression, lesquels en feront la remise sur le vu du bulletin d'acquisition, délivré par M. le Commissaire-Priseur chargé de la vente.

Les Pierres seront vendues telles que le désigne le numéro. Sauf indication contraire, les Acquéreurs auront la faculté de prendre au prix de revient, impressions et coloris, les tirages desdites Pierres. Les tirages dont les Acquéreurs ne voudraient pas au prix de revient, seront vendus immédiatement. Les grandeurs des Pierres sont désignées, pour plusieurs, plutôt plus petites, ayant pris la grandeur sur les épreuves.

On pourra se renseigner de l'état des Pierres chez MM. les imprimeurs désignés à chaque numéro.

Les Tirages et Épreuves en nombre pourront être divisés à la volonté du vendeur.

Elle sera faite au comptant.

Les Acquéreurs paieront CINQ POUR CENT en plus des enchères.

amitie et Confiance	48	noir a 20.	9. 60
	56	Coul. a 30.	16. 80
Elegance et Simplicite	110	noir a 20.	22.
	11	Coul a 30.	3. 30
Meditation et Reverie	58	noir a 20.	11. 60
Premier Desir et pend[t]	34	noir a 20.	6. 80
	5	Coul. a 30.	1. 50
Peinture et Musique	62	noir a 20	12. 40
	12	Coul a 30	3. 60
	396		87. 60
	84	couleur 25. 20	
	312	noir 62-40	
		87 60	

DÉSIGNATION

SUJETS ET COMPOSITIONS

POUVANT SERVIR

AU CARTONNAGE ET A L'ENCADREMENT

Pierres et Tirages, les Nombres d'Épreuves en noir et en couleur, seront donnés au moment de la Vente.

---

1 **Le bon Genre.** 18 bustes de femmes à la feuille.

1 pierre de 12-18. Becquet.

2 **Le Jour et la Nuit,** par Sorrieu. 8 sujets de genre à la feuille, ovales en hauteur.

1 pierre de 14-18. Lemercier.

1 pierre de teinte.

3 **Sujets 2 à la feuille.** Ovales en travers, d'ap. Compte-Calix, Offrande à Dieu, — Plaisirs champêtres, — Plaisirs d'été, — Retour de la chasse. 4 sujets.

2 pierres de 12-16. Becquet.

2 pierres de teintes, 10-14.

4 — Amitié, Confiance; — Élégance, Simplicité; — Méditation, Rêverie; — Premiers désirs, Premières caresses; — La Peinture, la Musique, 10 sujets. Groupes de femmes et enfants.

5 pierres de 12-16. Becquet.

5 Le Bouquet, les Élégantes, Siècle de Louis XV, xixe siècle, Grandes Dames, Le bon ton, Les Parisiennes. Figures de femmes à 9 à la feuille. 150

7 {6 pierres de 16-20. Lemercier.
{1 pierre de 16-20. Chez Becquet.

6 **Galerie nouvelle**, par divers. Figures de femmes, Groupes d'enfants. 6 sujets à la feuille. 120

4 pierres de ~~16-20~~. Lemercier. 18-22

4 pierres de teintes. 1-18-24 et 18-22

7 **Keapseack**, par divers. Nos 6, 7, 8, 9, 10, 11, 12, 13. 2 sujets de genre à la feuille. Cette collection contenait 13 numéros; 5 sont effacés. 120

8 pierres à 2 sujets, de 10-14. Lemercier.

8 pierres de teintes. 10-14

8 **Petit Miroir,** par divers. Nos 9, 10, 13, 18, 19, 21, 26. Groupes de femmes et d'enfants à 4 sujets à la feuille. Cette collection contenait 26 numéros; 19 sont effacés. 105

7 pierres de 12-16. Lemercier.

7 pierres de teintes de ~~10-12~~. 14-18. 12-16

9 **Miroir des dames**, par divers. Nos 6, 23, 24, 28, 29, 36, 41, 43. Cette collection contenait 44 numéros; 36 sont effacés. Groupes de femmes à 2 à la feuille. 120

8 pierres de 10-14. Lemercier.

8 pierres de teintes. 10-14

10 **Vocabulaire des demoiselles**, d'ap. Leloir, par Forget et autres, à 6 figures de femmes à mi-corps à feuille. 6 pierres à 4 sujets g. p. (66 sujets) 200

15 pierres de 10-14.

15 pierres de teintes. 10-14

le Bouquet	57 noir	a 20	11.40
	36 Coul.	30	10.80
les Elegantes	30 noir	20	6.
	25 coul	30	7.50
Siecle de L-XV.	58 noir	20	11 60
	17 coul.	30	5.10
XIXe Se	36 noir	20	7 20
	29 coul.	30	8.70
Grande Dame	27 noir	20	5 40
	42 coul	30	12 60
Bouton	34 noir	20	6 80
	24 Coul	30	7 20
La Parisienne	55 noir	20	11 00
	51 coul.	30	15 30
	521 ep.	tirage	f 126.60

297 noir 59 40
224 coul 67 20
tirage 126.60

62 noir	a 25	15-50
48 Coul.	a 35	16-80
110 ep	tirage	f 32-30

48 noir	a 20	9 60
161 Coul	a 30	48 30
209 ep.	tirage	f 57-90

227. noir a 20. tirage f. 45.40

114 noir	a 20	22 80
133 coul	a 30	39 90
247 ep	tirage	f 62-70

245 noir	a 20	49
200 coul	a 30	60
445 ep.	tirage	f 109

241	noir	à 25	60 25
271	coul	à 40	108 40
512	ep. tirage	f	168 65

84	noir	25	21
225	coul	40	90
309	ep. tirage	f	111

383	noir	25	95 75
216	coul.	40	86 40
599	ep. tirage	f	182 15

732	noir	25	183.
481	coul.	40	192. 40
1213	ep. tirage	f	375. 40

Nos effacés
n°. 27. 83. 103
55

23	noir	5 75
22	coul.	8 80
45.	ep. tirage f	14 55

35 noir à 20 tirage f 7

à 6 [illegible]

11 **Souvenirs d'enfance,** d'ap. H. Leloir. Sujets d'enfants à 2 à la feuille, par Regnier.

15 pierres de 10-14, Becquet.

15 pierres de teintes.

12 **Corbeille de Flore,** d'ap. Mme A. Toudouze, par Charpentier. 2 sujets de genre à la feuille.

5 pierres de 10-14. Becquet.

5 pierres de teintes.

13 **Petit Musée** à 4 et 6 sujets à la feuille. N°s 20, 35, 38, 39, 42, 51, 59, 61, 68, 70, 73, 77, 78, 80 89, 90, 98, 102, 105, 106, 107, 112. 90 sujets de genre, de femmes et enfants.

22 pierres de 12-16.

22 pierres de teintes. 14-18.

14 — A 2 sujets à la feuille. N°s 15, 28, 34, 36, 37, 45, 48, 50, 54, 56, 58, 63, 65, 66, 71, 75, 76, 81, 82, 84, 85, 88, 92, 93, 100, 104, 107, 108. 56 sujets de genre; scènes de famille.

28 pierres de 12-16.

28 pierres de teintes de 14-18.

Cette collection contenait 115 numéros; 65 ont été effacés.

15 **Galerie sainte**. Sujets à 2 à la feuille, d'ap. Toudouze.

2 pierres de 10-14. Lemercier.

— D'après Leloir, à 6 sujets à la feuille.

1 pierre de 12-14. Lemercier.

3 pierres de teintes.

Vierge au Poisson 6 — Vierge au linge

16 **Galerie chrétienne**, d'ap. Raphaël, Murillo, Mignard, Owerbek. 12 sujets; 2 à la feuille. 90

6 pierres de 10-14. Lemercier.

6 pierres de teintes. 10 - 14

17 **Adam** (Victor). Album du chasseur, sujets de chasse à pied et à cheval, etc. 12 sujets sur 6 pierres. 100

6 pierres 12-16. Lemercier.

6 pierres de teintes.

1 pierre de couverture. 13 - 16

18 **Bellangé** (D'ap.). La Leçon de politesse. — La Déclaration soufflée, d'ap. Guillemin. 2 sujets militaires, par Soulange Tessier. 70

2 pierres, 12-16. Lemercier.

19 **Champagne** (D'ap. J.). Fleurs Printanières. — Plaisirs d'Été. — Fruits d'Automne. — Promenade d'Hiver. 4 sujets de femmes, par Régnier. 150

4 pierres de 12-16. Lemercier.

4 pierres de teintes de 12-16.

20 **Charpentier**. La Colombe. — Le petit Peureux. 2 sujets de femmes et enfants. 80

2 pierres, 12-16. Lemercier.

2 pierres de teintes. 12 - 16

21 **Cœdez** (D'ap.). La Giroflée. — L'Iris. — Le Lilas. — La Violette. 4 bustes de femmes, en ovale, par E. Desmaisons. 200

4 pierres de 14-18. Lemercier.

4 pierres de teintes, 14-18.

22 Induction 100

300

63 noir	a 25		15.75
12 coul.	40		4.80
75 ex	Tirage	f	20-55

30 couleur a 30 f 9

19 noir et coul. a 30 f 3.60

76 noir a 40c f 30.40

184 noir	a 60		110.40
8 coul	1-10		8.80
192 ex	Tirage	f	119 20

95 noir a 25	23 75
	142 95

95 noir a 25 f 23 75

22 noir a 60 13. 20
4 coul. " 4
26 ep Tirage f 17-20

94 noir a 26 24. 50
27 coul. 46 12. 40
121 ep Tirage f 36-90

65 noir a 35 22-75
23 coul. a 60 13-80
88 ep Tirage f 36-55

60 noir a 30 18
15 coul a 50 7 50
75 ep Tirage f 25-50

85 noir a 32. f 27. 20
5 coul

42 noir a 35 14 70

100 22 — Les mêmes Fleurs du printemps, réduction par Charpentier.
4 pierres de 10-14. Becquet.
4 pierres de teintes, 10-14.

100 23 **Colin** (D'ap.). Espoir. — Bonheur. 2 sujets bretons, par E. Desmaisons.
2 pierres de 18-22. Lemercier.
2 pierres de teintes, 18-22.

60 24 **Compte-Calix** (D'ap.). Jugement de Pâris. — Diane et Actéon. 2 jolis sujets villageois, par Forget.
2 pierres de 10-14. Becquet.
2 pierres de teintes.

120 25 — Le Parc. — Le Château. — La Prairie. — La Campagne. 4 sujets de femmes et enfants, par Regnier.
4 pierres de 10-14. Becquet.
4 pierres de teintes.

150 26 — Promenade à Trianon. La Ferme. — Le Kiosque. — Le Canal. — La pièce d'Eau. — La Serre. — Le point de Vue. 6 sujets, par E. Desmaisons. Costumes Louis XV.
6 pierres de 10-12. Lemercier.
6 pierres de teintes, 10-12 et 10-14.
1 pierre de couverture. 12-16

120 27 — Le Tuteur en défaut. — La Joie de la Maison. 2 charmants sujets, par Regnier.
2 pierres, 12-16. Lemercier.
2 pierres de teintes, 12-16.

120 27 Bis Jeune Page — Financier
2 pierres 12-16 Lemercier
2 pierres de teintes 12-16

28 **Compte-Calix** (D'ap.). Je t'aime un peu. — Ne m'oubliez pas. 2 jolis sujets, par Regnier.
2 pierres, 16-20. Becquet.
2 pierres de teintes, 18-22.

29 — Les mêmes, réduction par Saint-Aulaire.
2 pierres de 10-14. Lemercier.
2 pierres de teintes, 10-14.

30 — Elles pèchent. — Elles ont péché. 2 très-jolis sujets, par Duplond.
2 pierres de 14-20. Lemercier.
2 pierres de teintes de 16-20.

31 — Les mêmes, réduction par Saint-Aulaire.
2 pierres de 10-14. Lemercier.
2 pierres de teintes, 12-16.

32 — Partie de Dames, scène de jeunes femmes qui préfèrent l'amour à l'hymen. — Partie de Dominos, scène de carnaval. 2 très-jolis sujets, par Charpentier.
2 pierres de 16-20. Lemercier.
2 pierres de teintes, 14-18 et 18-22.

33 — Les mêmes, réduction par Saint-Aulaire.
2 pierres, 10-14. Becquet.
2 pierres de teintes, 10-14.

34 — Coquin d'amour. — Pauvre amour. — Amour, amour. — Drôle d'amour. 4 jolis sujets de femmes représentant les Saisons en chromo-lith., par Regnier.
4 pierres de 16-20. Lemercier.

35 — Les mêmes, réduction par Forget.
4 pierres de 10-14. Becquet.
4 pierres de teintes, 10-14.

35 noir a 45 15.75
8 Coul a 80 6.40
43 ep. Tirage f 22-15

40 f 22 15 / 17 80 / 39.95
20 noir 35 7
18 Coul 60 10 80
38 ep. Tirage f 17-80

3 noir a 55 1-65
9 coul. a 95 8-55
12 ep. Tirage f 10.20

40/40
40 noir a 35 14
27 coul a 60 16 20
67 ep Tirage f 30-20

50 noir a 65 32. 50
12 Coul a 1-05 12. 60
62 ep Tirage f 45-10

118 66/20

50 noir a 35 17 50
6 Coul. a 60 3 60
56 ep. Tirage f 21-10

141 noir a 75 105 . 75
30 Coul 90 27
171 ep Tirage f 132 75

361 ep 187/10

145 noir a 25 36 25
45 Coul. a 40 18-20
190 ep Tirage f 54-45

25 noir a 75	18 . 75
37 coul a 90	33 - 30
62 ep. tirage	f 52 - 05
55 noir a 75	41 . 25
18 Coul. a 90	16 . 20
73 ep. tirage	57 - 45
24 noir a 75	18
25 coul a 90	22 50
49 ep. tirage	40 50
36 noir a 25	9
70 noir a 25	17 50
34 Coul. a 35	11 90
104 ep. tirage	29 40
37 noir a 35	12 95
32 Coul a 75	10
69 ep. tirage	22 - 95
64 noir a 75	48
34 Coul. a 90	30 60
98 ep. tirage	78 60
69 ep.	25 75
167	f 104 35

36 **Dedreux** (Alfred). Châtelaines. Elvire.—Diana. 2 amazones chromo-lith., par Regnier.

2 pierres, 14-18. Lemercier.
2 pierres de teintes, 12-16.

37 **Désandré** (D'ap.). Fatime. — Olympia. 2 sujets de femmes couchées, chromo-lith., par Regnier.

2 pierres, 14-18. Lemercier.
2 pierres de teintes, 12-16.

38 — Laïs. — Giralda, d'ap. Gosse. 2 sujets de femmes couchées, ovales en travers, chromo-lith., par Regnier.

2 pierres, 14-18. Becquet.
2 pierres de teintes, 12-16.

39 **Gabé** (D'ap.). Je serai grande dame. — Je serai général. 2 sujets d'enfants, par Regnier.

2 pierres 10-14. Becquet.
2 pierres de teintes.

40 — Les Péchés de l'enfance : l'Avarice, l'Envie, la Gourmandise, l'Orgueil. 4 sujets d'enfants, par Saint-Aulaire.

4 pierres de 10-14. Lemercier.

41 — Morale : Secourez-vous les uns les autres. — Religion : Un seul Dieu tu adoreras. 2 sujets d'enfants, par Charpentier.

2 pierres 14-18. Lemercier.
2 pierres de teintes 16-20.

42 — Le Passage du Gué. — La Couronne de bluets. 2 sujets d'enfants en chromo-lith., par Regnier.

2 pierres 16-20. Becquet.

43 **Gabé** (D'ap.). Les mêmes, réductions par Saint-Aulaire.

2 pierres de 10-14. Lemercier.

2 pierres de teintes 10-14.

44 — Dévouement. — Fidélité. 2 sujets d'enfant avec chiens en chromo-lith., par Regnier.

2 pierres 16-20. Lemercier.

6 pierres de teintes de 14-18.

45 — Les mêmes réductions, par Forget.

2 pierres de 10-14. Becquet.

2 pierres de teintes.

46 **Gué** (D'ap.). Les Saisons. 4 sujets de mères et enfants, par Soulange Teissier.

~~4 pierres 16-20. Lemercier.~~

47 **Gué** (D'ap. Oscar). Humilité chrétienne : Sainte Elisabeth de Hongrie dépose sa couronne avant d'entrer dans le saint lieu, par Soulange Teissier.

1 pierre de 18-22. Lemercier.

48 — Sainte Geneviève pouvant faire pendant, par Léon Noël.

1 pierre de 18-22. Lemercier.

49 — Le Repos des Moissonneuses. — Le Retour au Chalet. 2 sujets par Léon Noël.

2 pierres de 20-26. Lemercier.

50 **Jacquand** (D'ap.). Le Fils d'un brave. — La Famille du soldat, d'ap. Genod. 2 sujets, par E. Desmaisons.

2 pierres de 16-20. Lemercier.

30 noir	a 26	7 80	
39 coul.	a 46	17 95	
69 ép.	tirage	25.75	
29 noir	a 75	22 65	
33 coul	a 90	29 70	
62 ép.	tirage	52.35	
(138 ép.)			52 35
54 noir	a 26.	14 05	24 15
22 coul	a 46	10 10	76.50
76 ép.	tirage	24-15	
123 ép. noir	a 35	16-10	
43 noir	a 60	25 80	
9 coul	a 1/	9	
52 ép.	tirage	34 80	
26 noir	a 1/	26/	
68 noir	a 60	40.80	

58 noir	a 45	26 10
15 coul	a 85	12 75
73 ep. tirage	f	38-85

32 noir	a 25	8
44 coul.	a 35	15 40
76 ep. tirage	f	23 40

140 noir	a 25	35 20
15 coul	a 35	6 25
155 ep. tirage	f	41 45

38 noir a 1/ 38 f

165 noir	a 75	123-75
19 colori	a 90	16-15
184 ep tirage	f	139 90

66 ep. noir a 1/

11 noir	a 45	5
13 coul	a 85	11
24 ep. tirage	f	16

51 **Lejeune** (D'ap.). La première Leçon. — La petite Musicienne. 2 scènes maternelles à mi-corps, ovales en hauteur, par Régnier, Bettanier, Morlon.
2 pierres de 6-20. Becquet.
2 pierres de teintes, 14-18.

52 **Leloir** (D'ap. Mme Hortense). Péril passé. — Le jeune Pâtre. — L'Ami fidèle. — La petite Espiègle. 4 sujets d'Enfants à mi-corps avec animaux, ovales en hauteur, par E. Charpentier.
4 pierres de 10-14. Becquet.
4 pierres de teintes, 10-14.

53 — Curiosité. — Bon Cœur. — La Coquette. — Petite Fermière. — Petite Nonchalante. 5 sujets d'Enfants, par E. Charpentier.
5 pierres 10-12. Lemercier.
5 pierres de teintes.

54 — La Nuit de Noël, par Lanta. Charmante composition.
1 pierre 18-22. Lemercier.

55 **Linder** (D'ap.). Ecosse. — Espagne. — Hongrie. — Tyrol. 4 groupes de danseurs en chromolith, par Régnier, Bettanier, Morlon.
4 pierres de 14-18. Becquet.

56 **Maurin**. Le Sacré-Cœur de Jésus. — Le Sacré-Cœur de Marie. 2 bustes entourés chacun de 12 sujets tirés de leur histoire, par Victor Adam.
2 pierres de 20-26. Lemercier.

57 **Mès**. Bonheur sans richesse. — Richesse sans bonheur. 2 scènes de famille.
2 pierres de 14-18. Becquet.
2 pierres de teintes.

58 **Morlon** (D'ap.). Athènes. — Constantinople. 2 sujets de femmes couchées, ovales en travers, par Régnier, Bettanier, Morlon.

2 pierres 14-18. Becquet.

2 pierres de teintes, 12-16.

59 **Noël** (D'ap. Jules). Les Maris garçons, surpris par leurs femmes. — Le Retour des chasseurs, surprenant leurs femmes. 2 jolis sujets, par Régnier, Bettannier, Morlon.

2 pierres de 16-20. Lemercier.

2 pierres de teintes, 16-20.

60 **Roehn** (D'ap. A.). Charité chrétienne. — Humilité chrétienne. 2 sujets, par E. Desmaisons.

2 pierres de 16-20. Lemercier.

61 — La Moustache improvisée. — Le Baptême forcé. 2 sujets comiques, par E. Desmaisons.

2 pierres de 16-20. Lemercier.

62 — La Leçon de musique. — La Leçon de peinture. 2 sujets, par Léon Noël.

2 pierres, 16-20. Lemercier.

63 **Saint Aulaire**. La Vierge à la Chaise, d'ap. Raphaël. — Le Sommeil de Jésus, d'ap. Carrache. 2 sujets ronds.

2 pierres, 12-16. Lemercier.

64 **Scheffer** (D'ap.). Méditation. — Rêverie. 2 sujets de femmes à mi-corps, ovales en hauteur, en chromo-lith., par Régnier.

2 pierres de 16-20. Lemercier.

54 noir	a 75		40 50
11 coul.	a 90		9 90
65 ex.	Tirage	f	50 40

32 noir	a 40		12.80
30 coul	a 80		24
62 ex.	Tirage	f	36 80

noir a 40

81 noir	a 35	28 35
48 noir	a 35	16 80
130 noir	a 45	58 50

24 ~~noir~~	a 75		18
24 coul.	a 90		21 60
48 ex.	Tirage	f	39.60

30	noir a 25	7.50

70	noir a 30	21
50	coul a 50	25
120	ep. tirage f	46

22	noir a 35	7.70

685	noir a 30	205.50
288	coul a 40	115.20
973	ep. tirage f	320.70

65 **Toudouze** (D'ap. Mme Anaïs). Les Noisettes. — La Visite à la ferme. 2 sujets, par E. Desmaisons et Thielley.

2 pierres, 10-12. Lemercier.

66 — L'Age d'or. — L'Album. — Douce Confiance. La Tentation. — L'Étude. — La Tourterelle. — Le Billet doux. 6 sujets de jeune filles à mi-corps, ovales en hauteur, par Charpentier.

6 pierres de 12-16. Becquet. 8.

6 pierres de teintes, 10-14.

67 — Espérance. — Charité, d'après Leufant de Metz. 2 Sujets par Charpentier.

2 pierres de 10-14. Becquet.

2 pierres de teintes, 12-16.

68 **Le Bon goût.** Notre-Dame-d'Amour. — Pastorale. — Le Départ. — L'Ange gardien. — La Convalescente. — La Confidente. — Le Mois de Marie. — Les deux Sœurs. — Une Visite à la nourrice. — Le Paysage. — Éducation religieuse. — La Lecture interrompue. — Le Succès. — Le Mérite des femmes. — Bon Voisinage. — Le Signal. Retour de la Chasse. — La bonne Chèvre. — La Prière du soir. — La Promenade. — La Peinture. — La jeune Mère. — La Charité. — La Récompense. — Le petit Convalescent. — Les premières Caresses. — Le petit Boudeur. — Visite à la Ferme. — Roses de Mai. — Bonheur de la Richesse. 31 sujets de genre, par Desmaisons, Thielley et autres. manque n° 29. ex.

31 pierres de 10-14. Lemercier.

31 pierres de teintes, 10-14. 1 couverture.

69 **Toudouze** (D'ap.). **Les Siècles.** 1. L'Écharpe, moyen-âge. — 2. Le Livre d'Heures, Renaissance. — 4. La Présentation, Louis XIV. — 5. La Rosière, Louis XV. — 6. La Chasse, moyen âge. — 7. L'Éventail (XIXe siècle). — 8. Le Jardin d'Hiver (XIXe siècle). — 9. Les Marguerites (XIXe siècle). — 10. La Musique (XIXe siècle). — 11. Le Perroquet (XVIIIe siècle). — 12. Les Colombes (XVIIe siècles). — 13. Les Orientales. — 14. Le Château des Fleurs. — 15. L'Abri. — 16. L'Escarpolette. — 17. Le Souvenir. — 19. Les Glaneuses (XIXe siècle). — 20. Les Fleurs (XIXe siècle). — 21. Conversation (XIXe siècle). — 22. L'Avant-scène. — 23. L'Oracle (XVIIIe siècle). — 24. L'Indiscrète (XIXe siècle). 24 groupes de femmes à mi-corps, par Thielley, Régnier.

24 pierres, 10-14 Lemercier.
24 pierres de teintes et 1 pour couverture.

70 — La petite Fadette. — Jeanne et Marie. 2 sujets, par Charpentier.

2 pierres, 14-18. Lemercier.
2 pierres de teintes, 14-18.

71 — Amitié. — Confiance. — Élégance. — Simplicité. — Premiers Désirs. — Premières Caresses. 6 sujets de femmes et de mères, à mi-corps, en ovales en hauteur, par Régnier, Bettanier, Morlon.

6 pierres de 16-20. Becquet.
6 pierres de teintes, 14-18.

72 — L'Ange consolateur. — L'Ange sauveur. 2 sujets, par Thielley.

2 pierres de 14-18. Lemercier.
2 pierres de teintes. 14-18.

43	noir	à 30	12.90
449	coul	à 40	179 60
330	noir petit format 20c		66
822	ep.	Tirage f	258 50

110 noir à 40 44

amitié, Confiance	96	noir	à 45	43.20
	6	coul	à 80	4.80
Élégance, Simplicité	98	noir	à 45	44.10
	19	coul	à 80	15.20
Premier, Désir	93	noir	à 45	41.85
	5	coul	à 80	4.
	317	ep.	tirage f	153.15

10	noir	à 60	6.
17	coul	à 80	13.60
40	noir petit format à 30.		12.
67	ep.	tirage f	31 60

47 noir a 40 18.80
19 coul a 80 15.20
66 ep. tirage f 34.

379. noir a 50 189.50

290 noir a 15 43.50
34 coul a 20. 6.80
324 50.30

82 noir a 22 18.05
73 coul 35 25.55
155 43.60

94

20 noir a 22 4.40
74 coul 35 25.90
94 30 30

140 noir 22 30.80

73 — Paul et Virginie. — 3 sujets, par Desmaisons et autres.
3 pierres de 12-16. Lemercier.
3 pierres de teintes.

74 **Van Spaendonck** (D'ap.). Études de Fleurs, Roses, Tulipes, Lilas, etc., gravées sur cuivre, par Legrand et autres.
24 planches de cuivre.

TIRAGES ET ÉPREUVES EN NOMBRE

EN NOIR ET EN COULEUR

SANS PIERRES

Le nombre des Épreuves sera donné au moment de la Vente.

---

75 **Galerie chrétienne.** Tirage de sujets séparés, Vierges, d'après Raphaël et autres, imp. avec ton.

76 — Offrande à Dieu. — Plaisirs champêtres. — Plaisirs d'été. — Retour de chasse. 4 sujets, ovales en travers; tirage séparé, imp. avec ton.

77 — Premières Caresses. — Premiers Désirs. Sujets séparés.

78 — Méditation. — Rêverie. Tirage; sujets séparés.

79 — La Peinture. — La Musique. Sujets séparés.

80 **Figures de femmes** à mi-corps. Le Favori. — Le Rendez-vous. — Une Fantaisie. — Espagnole. — Américaine. — Allemande. — Odalisque. — Anglaise. — Indienne. — Romaine. — Géorgienne. — Chinoise. — Catalane. — Suissesse. — Japonaise. — Polonaise. — Péruvienne. — Mexicaine. — Bergère. — Vestale. — Hollandaise. — La Péri. — La Sylphide. 23 sujets différents, imp. avec ton. Droit de reproduction

81 **Sujets d'Enfants.** La Nacelle. — L'Éducation. — Les petits Protégés. — Le Déjeuner. 4 sujets, d'après Numa, imprimés avec ton. Droit de Reproduc.

82 **Devéria** (D'ap.). Henriette d'Angleterre venant en France, par E. Desmaisons. Droit de Reproduction

83 **Franquelin** (D'ap.). La Mansarde. — Le Balcon. 2 p., par Lafosse. Droit de Reproduct.

84 **Maurin.** Sacré Cœur de Jésus. — Sacré Cœur de Marie. 2 p.

85 **Gabé** (D'ap.). Captivité. — Délivrance. 2 charmants sujets d'enfants, par Charpentier, imp. avec ton.

86 — La Paix. — La Guerre. 2 charmants sujets d'enfants, en ovales en hauteur, en chromo-lithog.

87 **Beaumont** (D'ap. E. de). Cache-Cache. — Colin-Maillard. 2 charmants sujets d'enfants, imp. avec ton.

88 Sous ce numéro les objets oubliés qui ne sont pas catalogués.

89 Têtes de femmes 128 noir a 20 25.60
90 album des Dames 32 Coul. a 35 11-20

Renou et Maulde, Imprimeurs de la Compagnie des Commissaires-Priseurs, rue de Rivoli, 144. 24874

91 Péchés mignons 145 noir a 35 - 50.75
92 Regrets et Confidence 15 noir a 30 4.50
93 Innocence et Coquetterie 15 noir a 35 5.25
94 Constance et frivolité 23 noir a 35 7-05
95 Dahlia de Perse 40 noir a 35 - 14
96 la prière, la Bible, déjeuner de Jacq, le bouquet de Mère -
97 l'Écolier distrait 152 ep. noir a 30 45 60
98 Laitière Trianon 46 noir 30 13.80

Transport a l'hotel	2	50
1 Main de chemise	1	25
aff. a la Poste	5	
Larguier	15	
Honoraires	348	50
	372-25	

50 noir a 25		12	50
134 Coul a 40		53	60
184 ep. tirage		66	10

143 noir a 20 — 28 60

11 noir a 25 — 2 70

45 noir a 20 — 9 ..

93 noir	a 40	37.20
18 Coul	a 80	14.40
111 ep.	tirage	51.60
58 noir	a 75	43.50
25 coul	a 90	22.50
83		66 ..

45 noir a 50 f 22 50

Passe temps des Salons

40 noir	a 20	8
73 Coul	a 35	25.55
113 ep.	tirage	33-55

99 · Dessin Marie Stuart – Christen 50 ep. 31

100 Petit Musée noir tiré double 470 ep.

71

DOCUMENT(S) TROUVÉ(S) DANS LE VOLUME

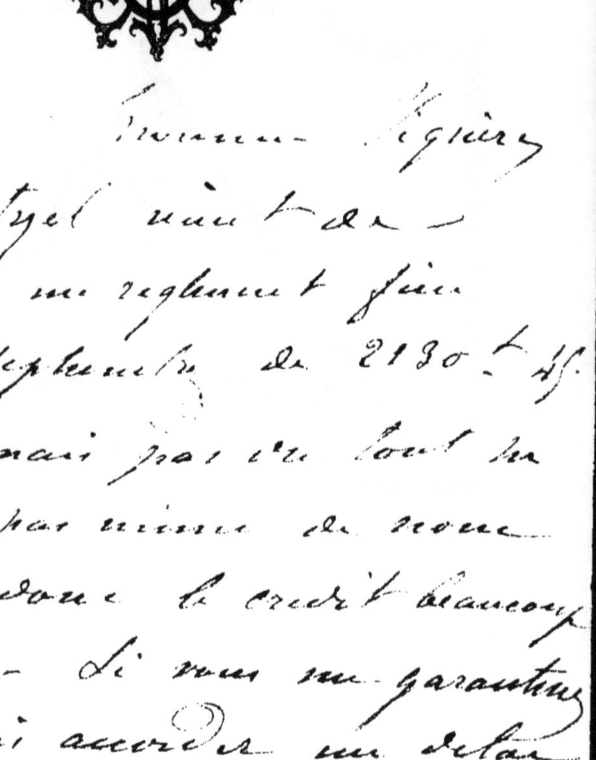

Monsieur Séguin

Mr Wurtzel vient de m'envoyer un règlement fin août et septembre de 2130f 45. Je ne connais pas du tout Mr Wurtzel, pas même de nom. Je trouve donc le crédit beaucoup trop long. Si vous me garantissez que je puis accorder un délai à Mr Wurtzel je lui accorderais 500f au 30 juin 500f au 15 juillet 500 au 30 juillet et 630 45 au

Je vous serais obligé de m'adresser le résultat de la vente en détail — par noms d'acheteurs

www.ingramcontent.com/pod-product-compliance
Ingram Content Group UK Ltd.
Pitfield, Milton Keynes, MK11 3LW, UK
UKHW021043180726
13838UKWH00004B/1982

9 782329 453903